下周很重要 4

连岳 著

译林出版社

目录

当一个真正快乐的人

每天务必做一点你不愿意做的事情。这是一条最宝贵的准则，它可以使你养成认真尽责而不以为苦的习惯。

——马克·吐温

我想，在人类早期，人的一生是充满苦难，很少有乐趣的。吃不饱，穿不暖，活得短，永远处于匮乏与危险当中。那时候的人，会觉得苦吗？倒也未必。人生从来如此，一代又一代，几百年，上千年，一切理所当然，何苦之有？

苦乐观是与生产力挂钩的。生产力低下时，生存就是苦的，苦也就成了最正常的滋味。生产力提升后，乐才源源不断地产生——美食的乐，华服的乐，长命的乐。一切通过感官刺激可以得到的乐趣，都被无穷挖掘，无尽喂养。乐成了理所当然。

但是，乐极生悲也是规律，一切事情过了头都要走到反面。一点苦也没吃过，一点苦也不想吃的人，最后，连基本的生存能力都会丧失，更无法负责任，也没有能力创造。谁家有这样的孩子，谁家要没落。国家有一代这样的孩子，国家要衰败。所以，要保住乐，要永远有乐，要一直进步，当务之急反而是每天去做一点自己不愿意做的事，精神上吃点苦。长本事的事，开始都有点苦，本事长成了才产生乐，而且是创造性的、高级的乐趣。这才是真正的快乐。只有追求到了这种快乐，才能降低退步与衰败的风险。

下周很重要，每天计划做一点苦事，当一个真正快乐的人。

week 01

1

月

□

□

□

□

□

□

□

□

□

____月____日

3

____月____日

4

____月____日

5

____月____

____月____日

7

____月____日

初级学习者与高级学习者的区别

（强度这么大的训练，你练完后是怎样的心情？）

每次练完我都会很高兴。因为在我心里，会觉得自己又练了一次，离梦想就又近了一步。

——王亚平

王亚平这句话，就是“学而时习之，不亦说乎？”的现代版本。

学是什么？是先生教育后生，先知启发后知，先进指引后进，是智慧与知识的传递。一切无法靠遗传获得的本领，都要靠学得到。一切潜藏在遗传里的本领，也要靠学显现。

习是什么？是小鸟学飞，不停重复，重复够了才会飞。学的东西，习成自然，才能从皮肤渗入肌肉和骨头，转化为自己的能量。学而不习，好像会了，最后却什么也不会。

初级的学习者，只学不习，以为听到就是得到，就像小朋友不爱做作业一样。他们甚至认为孔夫子骗人，习是最烦的，不时要练习，日复一日，年复一年，怎么可能高兴呢?

高级的学习者，才知道习的美妙滋味。耐心地重复一件事，其实并不难，每重复一次都会有收益，这正说明我们正确使用了时间与生命。习就是做容易且收益高的事，怎么可能不高兴呢?

下周很重要，我们都知道自己需要练习什么，像王亚平那样当一个高级的学习者，沉迷于学，更沉迷于习。

week 02

☐

☐

☐

☐

☐

☐

☐

☐

☐

1

____月____

____月____日

3

____月____日

4

____月____日

5

____月____

6 ____月____日

7 ____月____日

好人生由好习惯组成，基础好习惯有三个

> 凡是好的态度和好的方法，都要使它化为习惯，包括日常生活方面的，待人接物方面的，求知识方面的，干工作方面的。只有熟练得成了习惯，好的态度才能随时随地表现，好的方法才能随时随地应用，好像出于本能，一辈子受用。
>
> ——叶圣陶

叶老的话，翻译成孔夫子的话，就是“性相近也，习相远也”。人的天性都是相近的，由于习惯不同，我们变成不同的人。

好人生是由好习惯组成的，坏人生是由坏习惯组成的。

坏习惯很容易沾染，一个人，放任自流，不加管教，一定是浑身坏习惯。这也是人生的熵增，熵是无序，是败坏，是自然状态下必然发生的事。好习惯是熵减，将人生变得有序。所以一切学习，都体现为先有纪律，然后在纪律中重复，重复成好习惯。开始学习都是辛苦的，纪律苦，重复

苦，到了好习惯养成，乐才产生。这个苦乐流程完成多次后，你反而对这个苦有期盼，因为你知道后面必然有乐。

好习惯有多少？基础的不过三个：有礼貌，守规矩，有耐心。

有礼貌，则能通往和的境界，和善，和谐，和合。你敬人，人敬你。你敬一切可敬之人，则一切可敬之人助你。礼是打动人心，完成合作的最佳方法。

守规矩，则不受伤害。自然规律与科学规律是规矩，法律是规矩，道德律是规矩，纪律是规矩，好家风是规矩。不守规矩，四处碰壁，只会给他人和自己带来痛苦。

有耐心，则不急不躁，不慌不忙，不卑不亢，不偏不倚，再长的路都能走完。

下周很重要，我们制订的、完成的所有计划，不过都是在重复上述三个好习惯。

week 03

1

____月____

□

□

□

□

□

□

□

□

□

2

____月____日

3

____月____日

4

____月____日

5

____月____日

6 ____月____日

7 ____月____日

三思而后行，对吗？

要等一切危险都过去才起航的人，永远也出不了海。

——富勒

三思而后行，是个好习惯。

原来鲁国的大夫季文子就有这习惯。但孔子却觉得他这习惯不好。为什么？因为季文子为人过于谨慎，凡事想得太多，计算过细，三思之后，这也怕，那也怕，结果什么事也做不了。孔子建议他：你只要二思即可行动，三思太多。当然，孔子并非认为所有人二思即可，遇上一个急躁的人，他则会建议四思五思六思。这就是因材施教，具体问题具体分析。

三思是为了行。三思而不行，就成了空想。人不能不想，但也不能想太多。指望穷尽一切危险，那就没有远航，没有行动，失去一切。一件事做起来，必然有意外，有困难，甚至有危险。解决掉这些意外、困难与危险，事情也就做成了。往往这些意外、困难与危险还让你做成了一件更大的事。远航本是想发现印度，却发现了美洲。

下周很重要，制订计划是思，执行计划是行。执行中，计划可能变形，可能受干扰，可能无法 100% 完成，但只要开始执行，就是成功。

week 04

☐

☐

☐

☐

☐

☐

☐

☐

☐

1

____月____

2 ____月____日

3 ____月____日

4

____月____日

5

____月____

____月____日

7

____月____日

人生唯一的自由之路

学习必须是强制性的，约束自己，不可放任。约束久了，掌握了规律，到了老年就能“随心所欲”了，“随心所欲”也是“不逾矩”。

——李可染

如你所知，“从心所欲不逾矩”是孔子在七十岁达到的人生巅峰，“从心所欲”是大自由，“不逾矩”是不违反规矩、规律、天命。人的自由是在约束中的自由，这是高级自由，无约束的自由是低等动物的低级自由，生来就有，一生如是，所以毫无价值。人的自由，只能是拥抱“矩”，理解“矩”，为“矩”所引，与“矩”共舞的过程。“矩”是自由的另一面。

所以，人生每一个关键的时间点，都以知道一个关键之“矩”为标志。

十五有志于学。这是立志之矩。人的成长有了内驱力，可以自我“强迫”了。在此之前呢？得靠父母师长的引导与约束。孔子也不例外，离不开母亲的教诲。

学了十五年，三十而立，学的道理立得住，就像博士论文答辩，你的观点经得起冲击。你的一生有了根基与框架，才有后续的发展可能。

世事如风，人心如草。摇摇摆摆，起起落落，自我怀疑，自我否定，否定之否定，又要努力实践十年，才能不惑，可行可止。

人事已尽，又十年，知天命。你有足够的认识力看透长长的时空之河，你是其中的一个片段，顺应天命，才从有限融入无限。

人的一生，都在和情绪做斗争，心理很容易受外界影响。六十而耳顺，天命显现为人间的小事，是顺是逆，是褒是贬，全部转化为顺，己顺，人顺，世界顺。

这之后，才是七十而“从心所欲不逾矩”。

人生的每一阶段都有目标，每一阶段都“强迫”自己，每一阶段都有所得，这才是人生最有意思的地方。

下周很重要，无论你处于人生的哪一个阶段，都订好下周的计划，从学规矩中得自由。

week 05

- [ ]
- [ ]
- [ ]
- [ ]
- [ ]
- [ ]
- [ ]
- [ ]
- [ ]

1

____月____

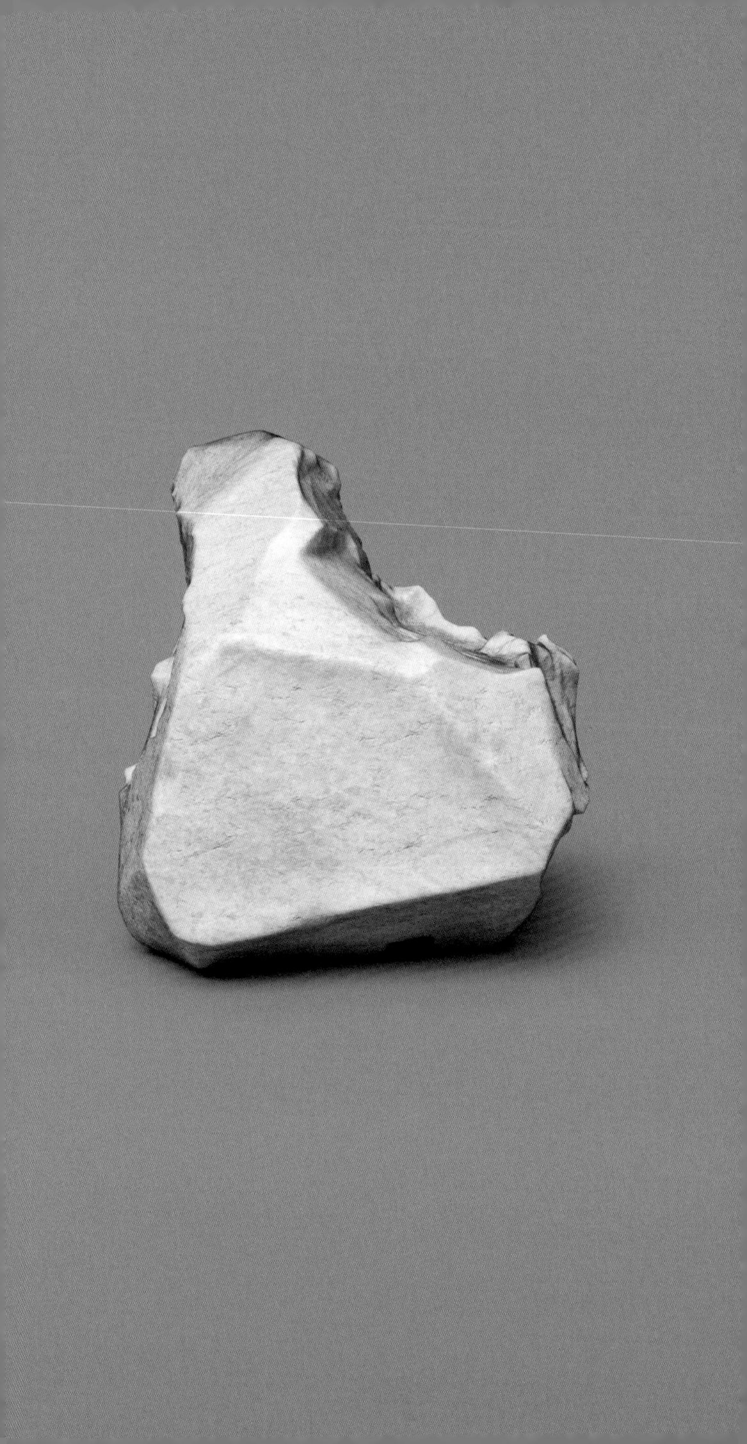

____月____日

3

____月____日

4

____月____日

5

____月____

____月____日

____月____日

人的成长，一不能急，二不能停

很多东西是在不知不觉中弄明白的。经过了长时间的接触，就自然而然地懂了。

——杨振宁

早知道就好了！——在想通一个问题时，我们常这么感慨。甚至我们会觉得自己很奇怪，如此美好的、如此简洁的、如此有效的道理，之前为什么想不通呢？为什么抗拒呢？

因为你需要这么多时间。吃饱最后一口饭之前，你就得吃两碗饭，饭量大的，还得吃三碗。人的成长就是在“吃”时间，“吃”的时间足够多，精神才能饱。你看，义务教育都得九年，就识那么一点字，懂一些基本常识，只能算是脱盲。所以，人不能系统地培训自己，喂养自己高质量的时间，几乎是无法进步的。即使有，也是被外力推着走的，外力一停，你就得退，把手中的一切都还掉。你思想上得不到的，都不是你的。

人的成长，一不能急，需要长期的积累，切、磋、琢、磨，养成一个好习惯，学会一个技能，看懂一本书，明白一个道理，都要重复，重复，再重复；二不能停，停了一切都得重新开始，吃一口饭停半天，不仅饱不了，还会饿死。得让自己长期处于学习与训练的状态，平时快一点，周末慢一点没关系，但是不能停，状态保持住，时间就一直在养育你。

下周很重要，制订计划的目的，就是让自己有耐心，有定力，又不停止。

week 06

1

月

- [ ]
- [ ]
- [ ]
- [ ]
- [ ]
- [ ]
- [ ]
- [ ]
- [ ]

____月____日

____月____日

4

____月____日

5

____月____

____月____日

7

____月____日

如何得到爱、信任与世界

只能用爱来交换爱，只能用信任来交换信任。

——马克思

产品交换才成商品，商品交换后才有利润，利润累加后投资才形成资本，这才有了著名的《资本论》。马克思是研究交换的大师。

不是只有商品才依靠交换，人的一切，也需要交换。爱与信任也是如此，只有等价交换，爱与信任才能流通。你无法用假钞购买商品，同理，你也无法用不爱与不信任换来爱与信任，至少，这种交换无法长期存在。比如父母、师长可能单方面对孩子与学生付出爱与信任，不求回报，但这种关系注定不健康，消耗很快，持久不了。长期的、健康的人与人的关系，必然是用爱换爱，用信任换信任。

你希望得到什么，你就应该付出什么。而只有你有，才能付出。就像有钱，才可支付。你没爱，怎么付出爱？你无信用，怎么付出信任？想清楚这层关系，就是“君子求诸己”，你想要的，在你自己身上都有种子，把它养大，让它结果，付出给那些值得的人，你就会得到，财富、荣誉、信任、尊重、爱，都是这么得到的。你想要，但是自己身上的“万有之种”却死了，只是索取，那就是“小人求诸人”，只求得来苦。

下周很重要，你按计划“强迫”自己做的一切，都是求诸己的君子行。

week 07

1

____月____

____月____日

3

____月____日

4

＿＿月＿＿日

5

＿＿月＿＿

____月____日

7

____月____日

选择幸福

一个人走过一棵树影婆娑的大树，怎能不感到幸福？能跟所爱的人说话，怎能不感到幸福？世界上这样美好的事物比比皆是，连最不可救药的人也会认为它们是美的。您不妨看看孩子，看看朝霞，看看正在生长的青草，看看那些注视着您的、爱您的眼睛。

——陀思妥耶夫斯基

陀思妥耶夫斯基是最有资格说上面这段话的人。他的一生饱受命运与痛苦的折磨，他的笔也挖掘到了人性最深处。他知道这些美好事物的珍贵价值，它们似乎无处不在，随手可得，但你一忽视，它们又会消失不见。

我们不能唯心，说物质不重要，可人只要一过温饱线，物质就不那么重要了，此时，幸福与否，就会演变成选择问题：你是选择幸福，还是选择不幸？人的幸福，并非永远与物质的增长成正比，却永远与知识和智慧的增长成正比。所以，对于温饱以后富足起来的个人，包括国家，挑战是更大的，不选择幸福，则必然有不幸在前面等着。由于有了物质的加持与助力，这不幸比匮乏时的不幸更加不幸，就像车速更快的车祸更危险。

一个人的得到，包括健康、平静、家庭、能力、财富、荣誉，从来都不是稳固的，它是动态的，可撤回的，取决于你以后的选择，一次，两次，至多三五次选择不幸，它们有的慢慢失去，有的突然失去。

下周很重要，每制订一个计划，都是在做选择，选择用幸福的事填满时空，不幸的事自然无法侵入。

week 08

1

____月____

□

□

□

□

□

□

□

□

□

____月____日

3

____月____日

4

____月____日

5

____月____

6 ____月____日

7 ____月____日

财务自由后不工作，不符合现实逻辑

如果你热爱工作，每天就会尽自己所能力求完美，而不久，你周围的每一个人也会从你这里感染到这种热情。

——山姆·沃尔顿

很多人说财务自由后就不工作了。这句话说明两点，一是工作可能让人财务自由；二是工作令人厌恶，一有机会就会选择停止。山姆·沃尔顿应该也相信过这句话，他在公司大获成功后（他个人当然也财务自由了）曾经退休，但玩了几年又忍不住复出工作，直到去世。

其实，这句话的现实逻辑是不太成立的，一份工作让你财务自由，那你一定极擅长，也得到了美妙的回馈，工作有了脱离财务的自由，这本身就是享受，谁舍得停止呢?

工作分成两个层次，一是工作到财务自由。财务自由都是相对的。务实一点的标准，我认为主要包括这几点：至少有套住得比较舒服的房子；持有的流动资产远远超过负债；

任何规格的请客吃饭都毫无负担；停止工作或退休后，收入也远大于支出。在这之后，工作就到了第二个更自由的层次：不是为生存而工作，而是为了热爱而工作，不是为了利己而工作，而是为了利他而工作，也就完成了对自我的超越。

谁到了第二个层次都会热爱工作。那么，为了财务而工作的第一个层次，要不要热爱工作呢？有太多理由不去热爱，因为你觉得苦。这又陷入了悖论，你不爱工作，你就不太可能做好工作，你不做好工作，财务上就没有好的回报。所以，未来更早的财务自由反而需要你更早爱上工作。就像山姆·沃尔顿，一个乡下的小杂货店店主，做着毫无前途的沉闷职业，大多数从业者得过且过，而他一开始就充满热情与热爱，他真正的商品不是杂货，而是他的热情与热爱，这是他的同行没有的商品，这才是真正稀缺的。

工作的本质是什么？是社交，是品格的流转与交换，只是这品格具体化为某种动作、某项工作。你的热情与热爱会感染他人，流转越多，则最后的回报也越多，体现为财富，或者权力，或者荣誉。而一个人没有热情与热爱，无法感染他人、帮助他人，他就无法起步，陷入孤立，别说财务自由，连温饱都会出问题。

下周很重要，我们想做的事，都是值得热爱的事，先别想着回报，把它们做好本身就蕴含着回报。

week 09

1

____月____

- [ ]
- [ ]
- [ ]
- [ ]
- [ ]
- [ ]
- [ ]
- [ ]
- [ ]

2 ____月____日

3 ____月____日

4

____月____日

5

____月____

____月____日

____月____日

人之所以异于禽兽

> 我们仔细分析自己烦恼的原因，时常会发现在我们心中有两个自我在纠缠：一个是理想的自我，一个是现实的自我。人之所以异于禽兽就是在于他生活在过去、现在与将来的三度时间中。人不能没有计划地生活。
>
> ——费孝通

人类有史以来最成功的机构是什么？

我觉得是学校。具体来说，是小学与初中。从脱盲到让人具备通识，这九年的教育，成功率接近 100%。而教育却是非常难的事。

中华文明之所以有韧性，不中断，我想，很大一部分原因是早早确立了教育的重要作用，在人类还处于阶级对立的时代，孔夫子就在履行“有教无类”的思想，将教育变成人人公平的普惠。他甚至把女儿嫁给坐过冤狱的公冶长。孔夫子只看重人真实的品格，也只把最好的品格教给学生。有人将孔夫子视为素王，事实上无帝王之位，却是千秋万代的帝王，这略显庸俗，倒也是事实。但是“万世师表”的美名却是极适当的、优雅的、人人认同的。

所以，要当一个成功的人，要想让自己经营的机构与事业成功，研究一下孔夫子，研究一下学校的运行，是很有必要的。

孔夫子自述有三个长处：“默而识之，学而不厌，诲人不倦，何有于我哉！”——“何有”不能按现在的意思理解为“没有”，在当时的意思是“一点也不难”。在学与教上永不厌倦，怎么做到这点？“发愤忘食，乐以忘忧，不知老之将至”，不知之时发愤，以至于忘了吃饭，有所得时快乐，以至于没有忧愁，就这么过了一生，好学最终达到至乐的境界。

其实，只要记住在学校是怎么生活的，一辈子可以无大过。学校生活的核心是什么？是有明确的时间计划，今天学什么？这周学什么？今年学什么？九年学什么？在时间表上都有。小朋友刚入学，哭鼻子，哇哇叫，那只是“小禽兽”的本能，慢慢接受这计划，就是慢慢成人。好学生，就是从入学时的反抗与厌倦变成毕业时的不厌与不倦。而且，像孔夫子一样，把这习惯保持了一辈子，乐在其中。

下周很重要，我们制订计划，就是在实践从孔夫子到现代学校教给我们的最重要的技能：有计划地生活。

week 10

1

____月____

- [ ]
- [ ]
- [ ]
- [ ]
- [ ]
- [ ]
- [ ]
- [ ]
- [ ]

___月___日

3

___月___日

4 ____月____日

5 ____月____

____月____日

7

____月____日

人人应有的最高级能力

能力会让你达到巅峰，但只有品德才能让你留在那里。

——查理·芒格

这句话翻译成更好理解的版本是：品德是最高级的能力。高过文凭、智商、情商、财商。

在现今社会，生存已经是很容易的事，精细分工把工作切得非常碎、非常薄，只要会其中的一点点技能，就能挣到工资。吃饱饭，有地方住，成家，前人拼尽全力才能摸到的目标，今人只是起点，随随便便得到，还有大量的业余时间。这意味着什么？意味着任何一个人都要考虑如何留在巅峰。品德问题是所有人的问题，不再是少数精英的问题。

精英的品德出问题，瞬间由巅峰跌下，摔得粉碎。落差大，戏剧性强，舆论关注，以至于人们认为这只是精英的失德悲剧。笑完后回到自身，犯的错误和他们的一样：贪婪、自大、傲慢、欺诈、失信、失控、轻信、轻浮、残忍、愚昧。甚至更无顾忌，因为犯了错也没人关心。确实不会被媒体曝光，但有没有人关心，有没有后果？有，配偶、孩子、家人，他们关心，他们承受恶果。他们的痛和精英家人的痛是一样的。

巅峰不只是权力、财富、荣耀，巅峰还是幸福，巅峰并非少数人的游戏，而是多数人的真实生活。获得品德这种最大能力，留在巅峰，这是人人必须完成的挑战，如果珍惜家人的幸福，那么，你对自己的要求必然是高的。

下周很重要，你制订的一切计划都是留在巅峰的行动指南，都是家人幸福的保证书。

week 11

1

____月____

- [ ]
- [ ]
- [ ]
- [ ]
- [ ]
- [ ]
- [ ]
- [ ]
- [ ]

____月____日

3

____月____日

4

____月____日

5

____月____

____月____日

7

____月____日

人生不是想不想吃苦的问题，而是如何吃苦的问题

你若想获得知识，你该下苦功；你若想获得食物，你该下苦功；你若想得到快乐，你也该下苦功，因为辛劳是获得一切的定律。

——牛顿

牛顿的“苦功定律”我是认同的。既然是定律，那么无论喜不喜欢，都得接受。“我不想吃苦”这句话也就不成立，就像物体说“我不想接受三大运动定律”一样。不想吃苦，而又不得不吃苦，这是苦上加苦，最后要吃更多的苦。

正如作用力与反作用力都是力，只是方向相反。苦也是乐的反向表述。成绩的乐，是学习的苦。健康的乐，是锻炼的苦。养家的乐，是工作的苦。成就的乐，是努力的苦。权利的乐，是义务的苦。自由的乐，是约束的苦。凡是乐，必能描述为一种苦。

人生不是想不想吃苦的问题，而是如何吃苦的问题。主动地、系统地、持续地吃苦，苦转化为乐的效率最高。我们每天、每周、每月、每年制订计划，约束自己，就是主动地、系统地、持续地吃苦。

下周很重要，制订你下周的苦功计划，就是制订下周的快乐计划。

week 12

1

____月____

- [ ]
- [ ]
- [ ]
- [ ]
- [ ]
- [ ]
- [ ]
- [ ]
- [ ]

____月____日

3

____月____日

4

____月____日

5

____月____

____月____日

7

____月____日

最佳人生策略

人世间，波诡云谲，因果错综。只有能做到“尽人事而听天命”，一个人才能永远保持心态的平衡。

——季羡林

一定要记住，人生是概率事件。

概率，就是可能性的大小。向空中扔硬币，它掉到地上要么是正面，要么是反面，可能性各是一半，概率为 50%。可是，你扔四次，不一定正面两次，反面两次。扔十次，也不一定正反各五次，总会出现偏离 50% 概率的现象，有时正面多一些，有时反面多一些。解决方法是多扔，扔到一千次，乃至一万次，那就无限接近 50%，概率站在你这边。

这就是中国古人对人生模糊而精确的描述——“尽人事而听天命”。好命坏命，并不是预先写好的剧本，人并不是只能被动地服从。好命坏命只是概率。好命的前提是“尽人事”，尽是努力，努力到极点。不尽人事，随便努力一两次，那好命坏命也就随机出现，人无法掌握自己的命运。而穷尽努力，概率就站在你这边，你掌握了好命。但也有意外，不过，此时的意外就真是意外，你一点不会懊悔自己没有努力，接受得很平静。

人只要还活着，人事就未穷尽，好命还在继续呈现。这是我们规划好每一天的意义所在。下周很重要，花几分钟时间，好好想一想下周应该做什么。

week 13

1

____月____

□

□

□

□

□

□

□

□

□

___月___日

3

___月___日

4

____月____日

5

____月____

____月____日

7

____月____日

人生是必须认真参加的比赛

我妈妈说，训练时要像比赛，比赛时要像训练。

——谷爱凌

并不是人人有资格像谷爱凌一样参加冬奥会，但人人得像她一样比赛。从精子开始，人生就是一场比赛，这比赛多数情况下不分名次，只是定性，这个人好不好？靠不靠谱？能否尽力？能否保持状态？就像李安说的，家人的尊重，也是要一天天努力争取的。你在人生比赛中无所谓、不负责，由于血缘关系，家人或会可怜你、照顾你，但不可能尊重你。

所以，认真比赛的人生，才是好人生。我们别无选择。吃饭就认真吃饭，读书就认真读书，工作就认真工作，恋爱就认真恋爱，成家就认真养家。正所谓，世上的事，怕就怕认真两个字。认真了，很少有事做不好的。或者说，只要你始终保持认真，比赛就赢了。从小养成认真习惯的孩子，你可大胆判断他一生将是顺畅的。

怎么判断出是否认真？就是“训练时像比赛”，一个人孤独地、重复地、坚忍地训练，但你要想象出有时限，有裁判，有观众。这就叫慎独，想象出有“十目所视，十手所指”，自己怎么可能松懈、偷懒、自欺欺人？只有这样生活，才有可能“比赛时像训练”，在压力前放松，是因为你习惯了压力，不再害怕压力。

下周很重要，之所以每天给自己制订计划，那是因为自己是自己的观众，自己是自己的教练，自己是自己的裁判，永远不丢认真二字。

week 14

☐

☐

☐

☐

☐

☐

☐

☐

☐

1

____月____

____月____日

3

____月____日

4 ____月____日

5 ____月____

____月____日

7

____月____日

我要什么？我有什么？我给什么？

给人信心，给人欢喜，给人希望，给人方便。

——星云

当然，这个人不是坏人。坏人最好绝望。无条件地博爱，无差别地给予，对好人并不公平，往往还会伤害好人。

还好，这世界的好人，不好不坏的人，占了绝大多数。坏人是少数。记住这概率，这概率本身就给人希望，给人信心。

不好不坏的人，不是静止的，而是在各种因素的刺激下，有时好一点，成了好人，有时坏一点，成了坏人，当刺激的因素消失时，他又变回一个不好不坏的人。如果好的刺激多一点，持续着，他就变成好人，大好人。所以，真正站得住的好，背后是纪律，是理性，是能力。

我们自己往往就是这样不好不坏的人。要成为一个有纪律、有理性、有能力、站得住的好人，只脱了盲，读了大学，是远远不够的，再好的父母，再好的学校，再好的老师，都只能领你入门，一生的磨炼，最终是要靠自己的。这磨炼是什么？就是给自己信心，给自己欢喜，给自己希望，给自己方便。自己也是人，给自己就是给人，自己有了才能给人。

下周很重要，好好制订计划，我们只会计划当好人，当一个人完成计划时，信心，欢喜，希望，方便，全来了。

week 15

1

____月____

- [ ]
- [ ]
- [ ]
- [ ]
- [ ]
- [ ]
- [ ]
- [ ]
- [ ]

____月____日

____月____日

4

____月____日

5

____月____

月日

7

月日

心乱则人乱，把心管好的两个办法

欲事立，须是心立。

——张载

心是最敏感的，随时受外界信息刺激，产生种种变化。如果对心没有一套管理办法，那么，人就如乱风中的一片落叶，无法自主，除了忧虑，一事不成。

人应如乱风中的一棵大树，可让它枝叶摇动，但它一直稳稳地站立着，专注于自己的生长，长一百年，一千年。

要把心管好，立得起来，我觉得，应该做好两点：

一是要有屏蔽信息的能力。人需要专注的时空，读一本书，做一件事，想一个问题，没有至少半个小时的专注，不会有什么像样的进展。无法屏蔽信息，或者具体点说，你无法强制自己至少半个小时不摸手机，你就是信息的奴隶，信息对你来说，就是毒品，你需要它不停地刺激你。在信息社会，不缺的就是信息，在一个人的脑部发育还不成熟时，你要害他很容易，塞给他一部手机，替他打开无聊的、虚假的、迷信的信息流，他就会不停地吸毒，以致脑部永远无法成熟，人生诸事不立。

二是有甄别信息的能力。半个小时后还是要摸手机的，信息不是人的敌人，坏信息成瘾才是，好信息是人的朋友。人会学习，能进步，有深度，就在于他能甄别好信息，吸收好信息，最后创造好信息。不会甄别信息的人，最后一定被坏信息控制，即使他一天只看五分钟手机。因为坏信息占比大，又可以通过夸张、拼贴、虚构等方法制造出戏剧性，把小事说成大事，把任何一起普通刑事案件都改编成“亡国”的危机。人一年上三五次这样的当，一年就白过了。这么过三五年，脑子就没了。人对世界有真实的判断，就能够甄别信息。要分得清主流与支流，偶然与必然。主流是好的，那你处的世界就是好的。但没有纯粹的好，99% 的好，也还有 1% 的坏。你看到 1% 的坏，就否定 99% 的好，认为世界是纯粹的坏，哭天抹泪，不造反砸掉这个世界你就不满意。是不是说明你很有正义感？不是的，只能说明你家里不缺吃的，手上的事情又太少，情绪还不太稳定。

下周很重要，那些我们计划中的事，都有一个功能，让我们可以创造出专注的时空，在这时空里接收好信息，创造好信息，这样修炼到一定境界，才可在信息的乱风中，心立，而后事立。

week 16

1

____月____

- [ ]
- [ ]
- [ ]
- [ ]
- [ ]
- [ ]
- [ ]
- [ ]
- [ ]

____月____日

____月____日

4

____月____日

5

____月____

____月____日

7

____月____日

人生不可松劲，这并非选择

我从自己的残疾得到一则经验：我知道凡事不能松一口劲，一旦松了劲，一切过去的努力都将成为白费。

——许倬云

一出生就残疾的历史学家许倬云，今年虚岁九十三。他一直到六岁都不能动，八岁时才能借助竹凳子挪动。这不幸后面也有礼物：“我从小就学会忍耐，在哪个角落都能随遇而安，有时在椅子上坐上一个小时，也得乖乖忍受，直到有人再把我抱到别的地方。”

能忍耐，有静气。这是把事情做好做精的前提，尤其是读书。很多人要花很长时间培训，才能得到这本事。小孩爱跑爱跳，从幼儿园到小学，课程时间慢慢加长，主要就是训练他们坐得住，能够控制自己。许倬云不会跑不会跳，走都不会，天然坐得住。这当然不是说为了让小孩坐得住故意把他们搞残疾，而是说，不利因素后面往往藏着有利的种子。是老子说的“祸兮，福之所倚”，也是现在说的“以问题为导向”，解决问题就是得到发展，战胜不利就是得到有利。

残疾是一个人不利因素的可视化。如果我们精神上的脆弱、退缩、缺乏定力、没有恒心都可视的话，可能没有一个人不是残疾人，只是程度不同而已。正常人做得更差的是，我们往往没有在这些残疾的逼迫下生出能力，没有把不利转为有利，把问题变成发展。

战胜一切残疾，可视的，不可视的，方法都只有一个，如许倬云说的，不可松劲。而做到“不松劲”，本身已是能力的体现，方法即成果。下周很重要，我们每天制订的计划，就是告诉自己“不可松劲”之处。

week 17

1

____月____

____月____日

3

____月____日

4

____月____日

5

____月____

____月____日

7

____月____日

中国人都知道的一句话，它是最好的学习指南

春天不播种，夏天就不生长，秋天就不能收割，冬天就不能品尝。

——海涅

事情是有时效的，正如播种在春天。春天懒惰不播种，一年空过。勤快过头，提前到冬天播种，一年也空过。

在历史上，长期是中国人最重要的教科书的《论语》，第一句就是“学而时习之，不亦说（悦）乎？”

“时习”之“时”有几种说法，一是按年龄，孩子六岁识字，七八岁学礼节，十岁学书写计算；二是按季节，春夏学诗乐弦歌，秋冬学书礼射猎；三是按天，预习，学习，温习，一天在各个时间段保持节奏。这几种说法，可以合并理解，也可以分开理解，都成立，原则都一致——学习有时效，按时效学习，就是快乐的事。不按时效学习，学习没有效果，自然不快乐。

中华文明生生不息，源远流长，在于教育水平高；教育水平高，在于有《论语》这样的好教科书，孩子到了启蒙的年龄，做人、做事、做学问的道理先背下，其价值，用一生慢慢体验，慢慢实践。相当于在春天把最好的种子播在最好的土里。世世代代的好学生都走同一条正道，文明自然发达。

现在的父母，其实教育风险更大，教育的干扰很多。家里的长辈，依据自己的人生经验，可能各有一套说法，不少说法又是“怪力乱神”，而为了省事，不少人都塞手机给孩子看短视频，孩子不仅不可能逐步“时习”建立好习惯，到了上学时，已经有太多坏习惯，播不了种子。

时习，就是按计划行事，暂时辛苦，暂时不懂深意，暂时没有成果，都要按计划一步步来。从小如此，就不会学坏，这是人生最好的节奏。下周很重要，写下自己的计划，不亦悦乎?

week 18

1

____月____

- [ ]
- [ ]
- [ ]
- [ ]
- [ ]
- [ ]
- [ ]
- [ ]
- [ ]

2 ____月____日

3 ____月____日

4 ____月____日

5 ____月____

____月____日

7

____月____日

这才是真爱

为使人生幸福，必须热爱日常琐事。云的光影，竹的摇曳，雀群的鸣声，行人的面孔——须从所有日常琐事中体味无上的甘露。

——芥川龙之介

你爱和平吗?

你爱幸福吗?

你爱知识吗?

你爱财富吗?

你爱成就吗?

谁能说不爱呢?

不过，有些人说爱是真爱，有些人说爱是假爱。说假爱的人一般又以为自己是真爱。

如何分辨真假？或者说，如何才能避免自己掉入“以为是真爱，其实是假爱”的不利境地？毕竟虚情假意是得不到任何真价值的。

一个最好的鉴定标准就是：真爱者都珍惜日常生活。宏大的主题，高远的目标，全能接地气，从每一天的生活里得到营养。

你爱世界和平？那你家必须父慈子孝、兄友弟恭、夫义妇顺，倘若你家鸡飞狗跳、祸起萧墙、内斗不止，爱和平就是假的。

你爱幸福？倘若你连陪孩子都觉得烦，在家多吃几顿饭都觉得无聊，爱幸福就是假的。

你爱知识？倘若受不了阅读的累，一年读不完一本书，耐不了查证的烦，每天至少转十条谣言，爱知识就是假的。

你爱财富？倘若不上班，不吃苦，不积累，挥霍浪费，举债度日，爱财富就是假的。

你爱成就？倘若每天受不了按计划努力，无法孤寂地长征，爱成就就是假的。

所有的伟大价值，都要分解成日常小事，一天天地实现，这才是真爱。下周很重要，你的计划就是真爱生活的情书。

week 19

1

____月____

- [ ]
- [ ]
- [ ]
- [ ]
- [ ]
- [ ]
- [ ]
- [ ]
- [ ]

____月____日

____月____日

4 ____月____日

5 ____月____

____月____日

____月____日

美国为何永远喜欢战争?

让你的判断力静静地发展。发展与任何一项进步一样，是深深地从内心生发，既不能强迫，也不能催促。

——莱内·马利亚·里尔克

理解上面这句话前，先回答一个问题：美国为何永远喜欢战争?

战争是最大的强迫，最强的催促，最不安静的破坏（即反发展），可是，美国为什么喜欢？它为什么总在直接发动战争或间接煽动战争?

因为市场对战争的反应是规律性的，比如股市大跌、原材料价格大涨。金融资本知道何时发生战争，就意味着很短时间内能发两次财，卖空发一次，抄底发一次。而这种战争财，只有美国能发：一是有美元霸权；二是政府听命于资本；三是战争不发生在本土；四是可随意干涉大国内政，可任意侵略小国。所以美国可以按计划表发动战争，发战争财。既然死难是别人的，发财是自己的，怎能不变成嗜血的战争狂？这样的国家，不再可能“静静地发展”，更不可能允许世界“静静地发展”，那样它发财太慢了。

放在个人身上也是这样。太容易得到与满足，不劳而获，表面上看是幸运，只要一上瘾，就得了“美国病”，剥夺了自己“静静地发展”的能力，人像瘾君子一样强迫自己，催促自己，再也做不了任何需要耐心的事，再也无法等候久远一点的未来。而任何重要的事，都需要耐心，都是今天劳动的结果在久远的未来种下的种子。

下周很重要，用计划增加内心的力量，不着急，也不停止，每天“静静地发展”。

week 20

1

____月____

□

□

□

□

□

□

□

□

□

___月___日

3

___月___日

4 ____月____日

5 ____月____

____月____日

____月____日

每一个中国人都有几千岁

相信时间，时间对善良有利，对智慧和光明有利，对阴谋不利，对狭隘不利。

——王蒙

中国人都有田园梦，看到一块荒地，第一个想法就是“种点什么菜呢？”

这是漫长的农业文明对我们文化基因的塑造。农业文明的最大贡献之一就是将人的时间观拉长。春天的期望一定到秋天才能实现。丰年要学会克制，因为后面可能有饥年。

人类史之前的狩猎时代，之后的工业时代、信息时代，时间观都不如农业时代长。在金融资本垄断时代，即列宁说的资本主义的最发达阶段，时间观是交易市场上的杠杆放大，瞬间变现，别说一年，一天都太久。套在这种时间观里的人，只要下一秒能赢利，哪管明天洪水滔天。别说利用阴谋狭隘了，就是扔炸弹，煽动战争，他人的死难可化为自己的利润，金融资本都为之上瘾。

曾子说，慎终追远，民德归厚矣。儒家传统不提倡宗教，重视的始终是人，对鬼神也保持警惕与中立，敬鬼神而远之，但是重视丧与祭，中国人的清明节一直很庄重，就是这个传统的体现。这个传统的核心就是时间观要超越自己的一生，尽量长一些。极为谨慎地对待人生的终点，追思化为春泥的先人，这样我们才能活在整部文明史中，目光长远，心胸宽广，择善固执，远离阴谋与狭隘。一个仁义的国家，是数千年不间断的文明养大的，是其中的每一个国民都有数千年的功力，是时间观的胜出。

下周很重要，订下每一天、每一周的计划，终身如此，这是我们的时间观功课。

week 21

1

____月____

- [ ]
- [ ]
- [ ]
- [ ]
- [ ]
- [ ]
- [ ]
- [ ]
- [ ]

____月____日

3

____月____日

4 ____月____日

5 ____月____

____月____日

7

____月____日

成长为什么那么难？

单凭突击、冲动、热情，是什么也做不成的；唯有组织、坚毅、觉悟才能有济于事。

——列宁

成长为什么难？个人、家庭、公司、国家，开始成长难，持续成长更难。

因为成长本质上只能靠自身，外力的扶持，甚至强迫，都只起暂时的、次要的作用。自身成长的意愿与能力，作用才是长久的、主要的。

自身是由什么构成的？它是习气、习惯、观念与方法的结合体。成长总是意味着对其部分或全部的否定，体现为自己否定自己。难就难在这里，因为自己维护自己才是本能，成长是反本能，是刀刃向内给自己动手术。所以列宁有句著名的判断，改造社会最难的，是在日常生活中战胜旧习气、旧习惯、旧观念。任何一个改变过自己的人，对这句话应该都深有体会。

借助教育、启发与文明的积累，每一个人都知道有些事是好的、该做的，必须用来自我否定。这是当人的好处，人类的一切智慧都可助你成长。但最怕冲动一来，突击三五天，总是被强大的“旧”拖回去，结果是既没有成长，又增加沮丧。这就是组织、坚毅与觉悟在成长中的关键作用，有想法，可实施，能坚持，没什么是做不成的。

下周很重要，就这么一天一天、一周一周地坚持着，让成长不再难。

week 22

1

____月____

☐

☐

☐

☐

☐

☐

☐

☐

☐

____月____日

____月____日

4 ____月____日

5 ____月____

____月____日

7

____月____日

要盯着，却不要盯太紧

如果我们始终盯着那些无关紧要的事物——愤怒、焦虑或是财产，我们将永远被禁锢。

——一行禅师

对于一个合格的和尚来说，财产当然是无关紧要的。我们不是和尚，财产还是有关紧要的。如果一点财产没有，生活马上陷入困境。所以，什么话都不能教条主义。

这句话的价值在于别“始终盯着”，再好的东西，盯着不放，过于执着，都会变坏。财产盯着不放，沦为守财奴，吝啬，孤寒，再多的财产都失去了意义，变成了惩罚与耻辱，让人看出你是多么的可怜、可悲、可笑。

别“始终盯着”，还有一层意思，不是不盯，得盯得适度。愤怒与焦虑，让自己容易激动，容易走偏，容易对立，容易上当受骗，很多人为之所苦，恨不得一点这种“坏情绪”都没有。这也不可能，是人就有愤怒与焦虑。适度的话，它并非坏情绪，而是起到了风险提示的作用。过了度，

“始终盯着”，它才成为坏情绪。别说长时间，只要一天，你不停地刺激自己愤怒与焦虑，你都处于危险之中。而失控的愤怒与焦虑，就是失控的火灾，将越烧越大。

无论是好是坏，财产也罢，愤怒与焦虑也罢，都得学会适度抽离，让自己每天都有时间专注于建设性的、平静的、长期的工作之中，这就是我们制订计划并实践它的意义所在。下周很重要，让自己与世间一切不离不弃，也若即若离，这样才能不慌不忙，可行可止。

week 23

1

月

□

□

□

□

□

□

□

□

□

______月______日

______月______日

4

____月____日

5

____月____

____月____日

7

____月____日

度过必经的“暗黑劫”，保有人生的最大资本

人生中有这样的情况，你不断地乃至夸大地鼓舞自己，结果一件可负可正、可忧可喜的事儿真的往好里变化了。而如果你太阴暗、太激烈、太多疑，一件事情就真的变成灾难了。

——王蒙

光明、中庸、相信，这本是人天生的资本。你看婴儿，至少光明与相信。他哭闹，你逗逗他，哄哄他，他也会安静下来，露出笑脸，不太激烈，所以，也是中庸的。

光明、中庸与相信，这些人生资本是在后天丢掉的，有些人逐渐变得阴暗、激烈、多疑。不醒悟，不改正，最后难免太阴暗、太激烈、太多疑，一切好事他都看成坏事，一切好事他都变成坏事，他怎么可能有好事业、好家庭与好人生？

人不可能永远是婴儿。摔跟斗、吃苦头、受委屈、经风

暴、临深渊，他要长大，这些事一件也少不了。每代人都不例外。这算是成长的“暗黑劫”，度不过，就交出自己的光明、中庸与相信，失去我与他，失去暖与爱，失去人生与世界，只得到无尽的阴暗、激烈与多疑。

怎么度过“暗黑劫”？

一是要辩证。有人性的无下限，就有人性的无上限，你正在经历前者的伤害，要能跳出来想想后者的抚慰。人总把自己看得很大，以为自己的事是世上最重要的事，其实不是。再大的事，只是沙滩上的一粒沙，亿分之一的偶然小事，而这沙滩，又是一亿片沙滩的偶然之一，没什么事大得过不去。只要你认为过得去，它就更容易过去；你认为过不去，它就更难过去。

二要定时定量。每天或一次，或数次，以光明、中庸和相信喂养自己的灵魂，从而驱散阴暗、激烈与多疑。这就是制订计划，让自己每天做一点正事的好处。事正了，心就正，心正了，就不暗黑。

下周很重要，把下周要做的正事一一列出，保有并增值我们人生最大的资本：光明、中庸与相信。

week 24

1

____月____

☐

☐

☐

☐

☐

☐

☐

☐

☐

____月____日

3

____月____日

4 ____月____日

5 ____月____

____月____日

7

____月____日

你会同时爱上两个人

爱情必须时时更新、生长、创造。

——鲁迅

爱情的风险在于，你会同时爱上两个人。

一个人是现在的他，一个人是未来的他。

所以，也有两个你同时让他爱，一个是现在的你，一个是未来的你。

现在这个值得爱的人，实实在在，看得见，摸得着，既然你爱上他，他必然符合你爱的标准。不过，以为这是爱的保险，那是大误解，若从此放松对自己的要求，停滞了，退步了，未来的你不如现在的你，甚至未来的你成为黑暗的你，那，爱就会消失。能让爱情一直成长的，就是那个一直成长的未来的你。

为什么爱让人这么累？是不是非成长不可？

成长是很累的事。年纪越大越累，固有的行为模式，固有的思维模式，固有的观念，让你舒服，让你苟且，你越来越不愿意改，慢慢被淘汰而不自觉。我们中华民族，有一句伟大的箴言，有一个伟大的命令："苟日新，日日新，又日新。"再累也得成长，不成长等于死。不成长的个人是一个死人，不成长的民族是一个死的民族，不成长的爱情是死的爱情。

爱一直提醒我们要成长，这恰恰是爱的价值。因为爱太珍贵，我们愿意为它累，为它日日新，又日新。

下周很重要，制订自己的成长计划，每日都变成一个更好的人。

week 25

1

____月____

□

□

□

□

□

□

□

□

□

____月____日

____月____日

4 ____月____日

5 ____月____

____月____日

7

____月____日

君子与小人

君子成人之美，不成人之恶。小人反是。

——孔子

孔子说的君子与小人，根据语境不同有两种含义，不可混淆。第一种含义君子指贵族、统治阶级，小人指平民、被统治阶级。第二种含义君子指学有所成、道德高尚的人，小人指不好学、道德不高尚的人。如果只停留在第一种含义，孔子就平庸了。孔子之所以了不起，就在于他用“有教无类”打破阶级束缚，使人人皆可通过学习成为君子。上面引文中的君子小人，是第二种含义。

中华文明从源头开始，就追求平等与博爱。所以，凡契合这点的外来文明，都能融入中华文明，彻底中国化，最后获得其在发源地所没有的大发展。中国这个国家，领先时不欺负别人，落后时不至于灭亡，最重要的原因在于中华文明从来都追求当君子，要求人持续学习、负责任，在家无怨，在邦无怨，穷要独善其身，达要兼济天下。这是一个君子国，小人国是理解不了的。

君子成人之美。成人之美的美是什么？是不忍之心，是同情，是温柔，是怜悯，是帮助，是隐恶扬善，是追求双赢。成人之恶的恶是什么？是野兽之心，是残忍，是嫉妒，是毁灭，是笑人无、嫌人有，是隐善扬恶，是只能独赢。

成人之恶是容易的，放纵一下自己就是了。成人之美是难的，必须学而时习之。可是作为中国人，从古至今，我们天生就要做难一点的事，这是我们高贵的君子命运。下周很重要，制订计划成人之美，成人之美要从自己是一个美人开始，有美的心，美的力。

week 26

1

____月____

□

□

□

□

□

□

□

□

□

____月____日

3

____月____日

4 ____月____日

5 ____月____

____月____日

7

____月____日

高考之后，从七个习惯进入人生新阶段

良好的习惯是人在其神经系统中存放的道德资本，这个资本不断增值，而人在整个一生中就享受着它的利息。

——乌申斯基

学习，学习，就是学成习惯。没有形成习惯，学习就是不成功的。

有些学习很难，比如上学十二年以后才能参加高考。但容易的也不少，它们不仅能让你终身受益，也能一步步引导你完成那些更难的学习。

刚刚高考完的孩子，我建议在接下来的两三个月里，试一试养成以下几个好习惯。

一、先从拒绝坏习惯开始。很多坏习惯的养成是因为有了“先随便玩玩再说”的心思，最典型的就是抽烟，玩几次上瘾就没有“再说”的机会了。人的时间、心智与身体都是有限资源，坏习惯占用了，好习惯自然就会变少，对明知不好的事情，一次都不要去试，一开始说不比后来去戒，容易一万倍。

二、早起先读五页书。为什么是五页？因为一点不难，十来分钟就完成了，不影响你今天去玩。就是这一点点阅读量，两个月也读完一本三百页的书，一年有了一千八百页的量，超过了国人的平均阅读量。不过，我可以明说，这五页的量是骗你的，很快，你就会一天读十页、二十页，甚至半本书。阅读会上瘾，是最有价值的“好瘾”。

三、每隔三十分钟起来站一站，避免久坐。这是人就做得到的事，极有益于健康。它还可以和避免手机成瘾结合起来做，手机调个三十分钟的提醒。时间到了，起来站几分钟，看看手机。

四、每天散步三十分钟。如果愿意和父母一起走，那就更好了。

五、每天称一称体重，这样超重了马上就知道。否则，到了你发觉自己太胖时，就会超重太多，很难回到正常体重。

六、除了同学聚会，偶尔放纵，尽量早睡早起。

七、常对父母家人说谢谢，爱要有回应，有流动。再有爱的父母，你视他们的付出为理所当然，甚至只盯着他们的必然有的失误上纲上线，天长日久，他们的心也会冷掉。一旦成为唯我独尊、冷酷无情的家伙，一辈子也就无堪可观了。

类似上面这种容易做到，却有终身红利的习惯，你在生活中可以发现很多。我建议你自己也列出至少七条，在这百来天实践起来。这也是在进入新的学习阶段，不再是家长老师“逼”着你，有个高考“强制”你，而是你自己去发现新目标，去自我对话、自我诱导、自我培训、自我完成。只有这样，我们一生才有无限进步，不至于在某刻停留在原地（比如高中毕业、大学毕业），被呼啸而去的时代高铁抛弃。

你看到你的人生新阶段了，加油，征服它。

week 27

1

____月____

____月____日

3

____月____日

4 ____月____日

5 ____月____

月日

7

月日

人生三乐

知足常乐，助人为乐，自得其乐。

——裘法祖

上面三个词朴实无华，翻译成另一句著名的话，就了不得了，这就是“君子求诸己，小人求诸人”。君子小人求的是什么？是人生之乐。分出君子与小人的，分出人生境界高下的，分出人生快乐与悲哀的，是知道乐来自何处。

真正的乐，只能来自自己。来自外界，来自他人，不由自己控制，人成了傀儡，有乐也是假的。当然，不能空想，不能唯心，三天没饭吃，谁都乐不起来，颜回也得有“一箪食，一瓢饮”，才能“不改其乐”。但是环境好了，物质丰富了，人的乐是不是多起来了？并非如此。不患寡而患不均，人人穷，人人低端，不患，有人比我富，比我发达，患就到处出现了。人是在比较中生存的，过不了比较这一关，给你富；你要大富，给你贵，你要大贵，给你大富大贵，你又怕病怕死。只要你老想着“更好”，就看不到现有的“好”，只觉得它不足，好便成了苦。

说到底，人要离苦得乐，心就得好一点。知足常乐，助人为乐，自得其乐。知足常乐是感恩，助人为乐是给予，自得其乐是自洽。心这么好，自然更少心理疾病，没有心理阴暗，是穷是富，是隐是显，你都是快乐的。

下周很重要，经常订计划，不忘训练自己，就是不忘降伏其心，君子求诸己，永葆人生三乐。

week 28

1

____月____

____月____日

3

____月____日

4 ____月____日

5 ____月____

___月___日

7

___月___日

使你真正获得快乐的人生观

人生是战斗的连接，每当一个困难被克服，另一个困难便会出现。人生就是困难的反复，我更不会后退，我的青春不会再来，不论有多大的困难，我一定要战斗到最后。

——常书鸿

上面这句话是“敦煌的守护神”常书鸿先生在八十八岁时说的，两年后，他去世。他的一生，确实战斗到了最后。

据说，张大千离开敦煌时曾对常书鸿说，你的工作是无期徒刑。在沙漠里生活，还要保护、发掘、研究，确实是苦役。不过，对于把人生视为“困难的反复”，以战胜困难为乐趣的人来说，无期徒刑不就是无限快乐吗？

人生的苦与乐，往往与人生观有关。

对比二十世纪四十年代的敦煌，现在的人，无论在发达的城市，还是富裕的乡村，生活水平都好上百倍，可是，有几个人比常书鸿更有定力、更有成就、更快乐？我们看到的，还是有那么多的无聊、不安、焦虑、忧愁、痛苦，人心如草，随风摇摆。如果人生观是苦的，那么，贫穷的人生是苦的，富裕的人生也是苦的。患得患失，人生成了无期徒刑。

像常书鸿一样的人生观，才是乐的。视困难为人生的必然，碰到困难时，就不会意外，不想逃避，视解决困难为理所当然的任务，然后，有能力的提升，有快乐的回馈。而不快乐的人生，根源恰恰在于认为困难是偶然，甚至不应存在，每天都应该享乐，随时得到满足，那么，困难出现时就如受刑，总觉得人生不快乐。

下周很重要，我们制订的计划，其实就是额外给自己一点困难，保持并提升人生的战斗力。看起来自讨苦吃，其实是离苦得乐。

week 29

1

____月____

- [ ]
- [ ]
- [ ]
- [ ]
- [ ]
- [ ]
- [ ]
- [ ]
- [ ]

2

___月___日

3

___月___日

4

____月____日

5

____月____

____月____日

7

____月____日

不管风怎么吹，别人怎么议论，把自己的日子过好

不用管别人怎么议论，谁都是自己过自己的日子。

——高尔基

世界变化很快。

不是西风压倒东风，就是东风压倒西风。

三十年河东，三十年河西。

三十年前的启蒙，现在成为愚昧。三十年前的先进，现在成为落伍。三十年前的新人，现在成为旧人。三十年前的黄金，现在成为黄土。三十年前的妙手，现在成为俗手。三十年前的羡慕，现在成为同情。三十年前的时尚，现在成为笑话。

刻舟求剑的人，三十年后永失其剑。

目光长过三十年的人，有。不过只是极少数。

我们绝大多数人，只是时光大河上的旅人，千里江陵一日还，不是我们跑得快，是我们坐在正确的船上，航行在正

确的河里。对自己要有一个正确认知，我们可能只是一个随波逐流的人，只是随对了波，逐对了流。不要自大，不要以为自己无所不能，要自省，要知道自己的能力圈，要抓牢手中的剑，掉了，就再也捞不回来了。

这手中的剑，就是过好自己的日子。它永远不会错，三十年前没错，现在没错，三十年后也不会错。不管风怎么吹，别人怎么议论，把自己的日子过好，以不变应万变。不掉剑就不必求剑。一个人这样过日子，个人越来越好，一家这样过日子，家庭越来越好。一国之人这样过日子，国家越来越好。

下周很重要，每天制订计划，把日子过好，当下就是长远，今天就是未来三十年的注脚。

week 30

1

______月______

- [ ]
- [ ]
- [ ]
- [ ]
- [ ]
- [ ]
- [ ]
- [ ]
- [ ]

3

____月____日

____月____日

4 ____月____日

5 ____月____

____月____日

7

____月____日

不要当一个谋杀者

相信什么难题都有解开的那一天，今天你无法办的事明天就会有办法。宇宙有办法，光阴有办法，历史有办法。你的天大的危难对于历史来说，连小菜一碟都谈不上。

——王蒙

王蒙先生的一大优点，就是非常乐观。

一个作家，有读者，文字影响他人，都应该乐观。不然的话，看了你的文字灰心丧气，不思进取，厌世轻生，作家简直成了可以合法谋杀的职业。

遗憾的是，合法地谋杀与自杀的人，却不少。他们每天热衷于制造自己与他人的悲观。即使不是作家，影响力不大，一个人至少影响家人，影响孩子。一个悲观者，往往就是一只烂苹果，总是让挨着它的好苹果变坏。

当一个乐观者，是我们的人生责任。这点不能忘。

乐观者不是看不到问题，忽视问题。乐观者往往最能正视问题。你看释迦牟尼，相信人人可以成佛，最为乐观。可他对人生的判断，就是一个“苦”字，所谓成佛，就是不怕苦，不畏苦，离苦得乐。

现在的生产力，比起两千多年前，增长了不知多少倍，解决了当时无数多的问题。不过，我们要解决当下的问题。人与世界的进步，是靠问题驱动的，解决一个问题，前进一步，然后产生新的问题，如此不停循环上升。没有问题，世界就死亡了。问题是阻力，也是动力，是障碍，也是道路，是苦，也是乐，是悲观，更是乐观。悲观者只看到前者，得到悲观。乐观者可以看到后者，得到乐观。

不要害怕每天碰到的问题，这就是生活，这就是人生。能解决，就在今天解决。只能解决一部分，就解决一部分。不能解决，就吃好，睡好，放宽心，留着明天解决。我们自己在长知识、长本事，人类作为一个整体，每天增长的知识与本事，更是惊人。量变引起质变，今天的问题，总会在未来某一天得到解决。

所以，人生的重点是积累。下周很重要，乐观者是不浪费每一天的，天天有计划，天天有积累，这样才能解决他人解决不了的问题。这既是自助，更是助人。

week 31

1

月

____月____日 3 ____月____日

4 ____月____日

5 ____月____

____月____日

7

____月____日

远离毁灭自己的力量

生活总是这样，不能叫人处处都满意。但我们还要热情地活下去。人活一生，值得爱的东西很多，不要因为一个不满意，就灰心。

——路遥

一个人一天遇见一百件事，不可能件件满意，再顺利，也有三五件不满意的。

无论多幸福的人，一年之中，不满意的天数也有那么十来天、几十天吧？有些不满意是不以人的意志为转移的，比如天灾、意外、疾病、死亡。

生活给我们 5%、10% 的不满意，我们对此不应该不满意。如果我们要求事事满意，那就会得到一个彻底不满意的人生。

孔子说，“乐道人之善”，是有益的快乐。这里的人，包括他人、自己、人类。如果乐道人之恶，天天道自己的一点不满意，再道他人的不满意，而以现在的传播手段，又能迅速将这些不满意汇总、加工、放大，像核裂变一样释放巨大的毁灭能量。这毁灭力量不是毁他人，主要是毁自己。

多看看让自己满意的事情，这样才能消化不满意。

我们还要学会制造让自己满意的事情，每天做一点有积累的、长能耐的事情，即使再小，完成之时，也会让你对自己、对世界更满意。

下周很重要，任何一天，无论你满意不满意，都固定做一些有益的事，这就是希望、热情与幸福的生产方式。

week 32

1

______月______

☐

☐

☐

☐

☐

☐

☐

☐

☐

____月____日

3

____月____日

4

____月____日

5

____月____

____月____日

7

____月____日

人要逼一逼自己

心里总觉得没事情做，其实事情多得很，只是不逼到时候，不肯下手而已。

——季羡林

你看季羡林的文字，简洁，朴实，拉家常一般，没人读不懂。

喜欢华丽辞藻的年轻人，可能觉得不好，甚至生出轻慢之心：大学问家的文章就是这样的吗？白开水一样，道理也不惊人。

只要他们持续读书，认真生活，再过十年，至多二十年，就会发现，季羡林的这种文章才是好的。季羡林的这种人生也是好的。好人生不过也就坚持几条朴素的道理，就像今天这句说的，人要逼自己，才会做一点事。今天逼，明天逼，月月逼，年年逼，成就一个大师。不逼自己，就游手好闲，一事无成。小孩为什么要上学？因为学校的老师与纪律逼他读书。为什么要做作业？因为可以逼他复习、巩固功课。为什么要背课文？因为可以逼他深入了解。人不逼不成器。

成年后，外人外力难逼，主要靠自觉。所谓自觉，就是自己逼自己。成年人，学会了花言巧语，不想逼自己，可以找到很多借口，没有灵感啊，生不逢时啊，房价太贵啊，行业太“卷”啊，经济下行啊，童年创伤啊，多得是，每天都有。“给你的堕落提供一个优美的借口”，本身就是一个大产业，精准投喂本性摇摆的人。一旦人吃饱，有几个闲钱，摇摆性就出现了，一是自我中心，二是以为凡事抱怨就可以解决。不把这摇摆性去掉，那必然做不成事，人生也不可能幸福。

去掉摇摆性，只能靠逼自己做事。做难一点的事，做久一点的事。天天做事，十几二十年做成一件事，它可以是磨炼技艺，可以是钻研学问，可以是守护家庭，可以是抚育孩子，可以是成为下一个季羡林。起起伏伏，风风雨雨，你都不改变，摇摆性自然就去掉了。

下周很重要，写下计划，逼自己做一点事。

week 33

1

____月____

☐

☐

☐

☐

☐

☐

☐

☐

☐

____月____日

3

____月____日

4 ____月____日

5 ____月____

______月______日

______月______日

人有时候要向动物学习，简单一点

有一分热，发一分光，就令萤火一般，也可以在黑暗里发一点光，不必等候炬火。

——鲁迅

萤火，或萤火虫，倘若有人一样的意识，我估计，很多也就选择不发光了。对比其他发光体，比如蜡烛、电灯、霓虹灯、太阳，自己实在太暗淡，悲观、绝望、放弃随之而来。萤火虫会发光，在于它的身体构造就可发光。无论有没有用，它都会发光，所以成为黑夜里的美。

人有意识，是进化的杰作，但这意识也可能阻碍自己，一想到自己力量微小，进步缓慢，暗淡如萤火，还没开始就怯场、丧气，便开始不了，开始了也持续不了。人有时候要向动物学习，简单一点，就像萤火虫那样，只管发光就是了，不对比，不幻想，不停止，甚至无所谓，这样才能尝到人生的很多美。

《论语》里讲，本立而道生。先贤很早就意识到，人生之路，就是一个人最基本素质的重复、坚持与进阶，就像萤火虫终身发光一样。这最基本的素质，恰恰是温暖地发光。一个人，只要对父母长辈、兄弟姐妹是温暖的、有爱的、负责的，即“孝悌”，这个光照亮一切，那么，他一生就不会走错。这里面没有提到技能、考试、文凭、门第，让人一听到就觉得累、“卷”、难，只是让你温暖地爱人，为仁，人人做得到，小孩也可成为行家。温暖爱笑的小孩都是社交大师，再内向的成年人，在他们的长久注视下，都得回报以微笑。

看得透，看到底，人生是容易幸福的。就是不管力量大小，温暖地发光，天天如此。

下周很重要，制订自己的发光计划吧。

week 34

1

______月______

- [ ]
- [ ]
- [ ]
- [ ]
- [ ]
- [ ]
- [ ]
- [ ]
- [ ]

____月____日

3

____月____日

4

____月____日

5

____月____

____月____日

____月____日

做一个有心的人

这个世界不是有钱人的世界，也不是无钱人的世界，它是有心人的世界。

——丰子恺

钱很重要，这点不应该否定，否定了，就不是唯物主义的态度，就不是诚实的人。如果钱不重要，就不必脱贫，不必发展经济，也不需要涨工资。钱越来越多，人们越来越富裕，这从来都是人类社会的追求。一分钱难倒英雄汉，对个人、家庭、国家，都是如此。

但不能把钱看得最重要。不然，穷时，定然觉得自己一无是处，自卑，自怜，仇恨，谄媚；富时，定然觉得别人一无是处，自高，自大，傲慢，冷酷。穷的仇富，富的仇穷，钱转化成割裂社会的暗黑力量，好事变成了坏事。

要有另一个重要的因素制衡钱，那就是心。有心之人，有钱没钱，都能保持在一个健康的状态。如孔夫子说的，贫而乐，富而好礼。穷的时候，要有一颗发现快乐的心，像颜回那样，穷得叮当响，但也不改其乐。富的时候，要有一颗戒慎恐惧的心，像子贡那样，是善于经商的巨富，但肯定也是礼让和气。心好，就不会被钱控制。心好，才不会浪费物质基础。

从穷到富，从低到高，人生无论在哪个阶段，调伏其心都是最重要的工作。颜回穷，子贡富，他们天天做同样的事，就是跟着孔夫子长学问。做正事，心就不会乱，不会坏。下周很重要，天天安排自己做一点正事，这是修心的好办法，也是得到世界的路径。

week 35

□

□

□

□

□

□

□

□

□

1

____月____日

____月____日

3

____月____日

4

____月____日

5

____月____

____月____日

7

____月____日

要有力

一个国家没有实力，要在这个强权横行的世界里谈平等，要别人尊重你，这是不可能的。

——侯德榜

如果把历史快进观看，你就会看到一场战争接着一场战争。重大的转折，都靠战争背书。更高的文明，没有战争能力，也是要灭亡的。

要有力。

越是文明，越爱和平，越要有力。人不可以打人，但一定也要让人不敢打你。不战而屈人之兵，是战争的最高状态。前提是你的力量远远高过对手。对国家，对个人，都是如此。没有力，最终是得不到尊重的，最好不过得到同情，最坏则是毁灭。

一切都要向内求。君子求诸己。向内是一个宇宙，你想要的东西，都有种子。拉帮结伙，党同伐异，造谣中伤，巧取豪夺，这都是向外求，靠攀缘强者，欺负弱者是得不到尊重的。

力量是自内而外的，你先是一个有力的个人，然后是有力的家庭，然后是有力的队伍，然后是有力的国家，然后是不可战胜，得到尊重。

回到根本，只要天天修炼个人，变得有力，那么，你就会处于一个有力的、有尊重的世界。下周很重要，制订计划，变得更有力。

week 36

1

____月____

- [ ]
- [ ]
- [ ]
- [ ]
- [ ]
- [ ]
- [ ]
- [ ]
- [ ]

____月____日

3

____月____日

4

____月____日

5

____月____

____月____日

7

____月____日

入睡之前，满心欢喜

有些东西，我们要视而不见，听而不闻；有些世界或中国之名人，我不必求认识；有些群居终日言不及义的聚会，我不必去参加；有些哗众取宠的讲演，我不必听；有些浮游无据的文章，我不必看。人必有所不为，而后可以有所为。

——唐君毅

现代社会最常见的感觉就是，一天什么事也没做，就结束了。

什么事也没做，其实形容得不对。确切地说，是做了无数多毫无意义的事，往大脑灌足了垃圾信息。真的打坐一天，让大脑“什么事也没做”，那反而是高手。一个人能掌握自己大脑的开关，对不值得做的事关闭，对值得做的事开放，那大脑才是我们自己的，否则，大脑就是别人的，人生也是别人的。

一个人是有限的，像种子那么小。而外在世界是无限的，像大水那么大。种子被大水冲走，很快就会毁灭。种子有定力，在一块泥里扎下根，从长出第一片叶子开始，能长成大树，摸到天。

人守不住自己的有限，仅有的一点资本都会被剥夺，一天天、一年年地浪费。人守得住自己的有限，这一点资本就会慢慢长大，以至于趋近无限。

下周很重要，把计划表中每天该做的事先做掉，先扎根，先长叶子，不管其余，这样，每天的大水就冲不走你。入睡之前，满心欢喜。

week 37

□
□
□
□
□
□
□
□
□

1

____月____

____月____日

3

____月____日

4

____月____日

5

____月____

____月____日

7

____月____日

每天做一点出汗的事

你一定要干出汗的活，不要想不出汗就出活。

——郑哲敏

“出汗的活”一下让人想到制造业的蓝领工作。有见识的经济学家已经意识到，有了最出汗的制造业的国家，同时也具备安全、可信、统一的大市场时，这个国家的工业革命就一定会成功。英国、美国、日本都是这样，从劳动力密集型的纺织业开始，一步步培育市场，产业向上延伸。中国用三十多年时间完成了这三国一两百年的工业革命之路，从最辛苦的纺织业开始，发展成为制造业第一大国。不怕出汗的人从低到高，怕出汗的人从高到低。从这点看，特朗普是有见识的、对美国人负责任的，因为他在任上时不停地尝试将制造业拉回美国，让锈带重新发亮。只是，独木难支，回天乏术，靠印钞、金融、务虚就能割全世界韭菜的美国精英阶层，不愿意再出汗了。

当然，“出汗的活”是指一切领域内更辛苦的那部分工作。白领也有很多“出汗的活”。一切领域要出活，要成为不可替代的专家，要长久地活下去，都要做那些最基础的、最烦琐的、最烧脑的工作，让你脱离这些，指指点点，发号施令，轻轻松松过日子，那苦日子就在前头。不写作的作家，不读书的编辑，不去一线的企业家，不下基层的政治家，再聪明都会变笨。

下周很重要，日子越好过的人，越需要制订计划，因为你偷懒、不出汗，一天两天，一年两年，都可混过去，于是不知不觉“安乐死”了。每天，还是要做一点出汗的事，这才是对自己负责。

week 38

1

____月____

____月____日

3

____月____日

4

____月____日

5

____月____

7

____月____日

____月____日

好比坏轻松

习惯的枷锁，开始的时候轻得难以察觉，到后来却重得无法摆脱。

——巴菲特

上面这句话主要是描述坏习惯。人一旦养成坏习惯，就像被牢房禁闭，不得自由。

但这也说明，坏习惯的后果如何坏，好习惯的效果就会如何好。好习惯就像高铁的轨道，开始修建时很辛苦，但建成后，风驰电掣，一日千里。

一个人总有习惯，人的行为就是由习惯构成的，不是由好习惯构成，就是由坏习惯构成。你没有好习惯，就必有坏习惯。不想要坏习惯，就必须养成好习惯。

我有个朋友，孩子教育得很成功。多年前，向他请教。他的经验就是养成孩子的好习惯。一直到小学毕业前，他都花大量的精力帮助孩子建立阅读、专注、重要的事先做等习惯。小学毕业后，他就很轻松了，孩子沿着正确的轨道往前飞奔，“我都追不上了”。我想，成功教育的核心可能都是如此，先苦后甜。相反，不成功的教育刚好相反，孩子有了坏习惯后，再来着急，难度数倍增长，孩子与家长都更容易放弃。顺序搞对了，成功的教育比不成功的教育，所费精力并不会更多。以一生的长度衡量，更是轻松得多。

下周很重要，每天先把那些重要的事做完，收获成就感，一天都很开心，天天如此，就是最好的习惯。也带孩子这么做吧。

week 39

1

____月____

- [ ]
- [ ]
- [ ]
- [ ]
- [ ]
- [ ]
- [ ]
- [ ]
- [ ]

____月____日

3

____月____日

4

____月____日

5

____月____

____月____日

7

____月____日

抓住最宝贵的

零碎的时间最宝贵，但是也最容易丢弃。

——梁实秋

一天跑两千米，一周跑四五次，基本上就可以达到锻炼目标了。跑一次需要多少时间？慢的人十五分钟左右，快的人十分钟解决问题。十至十五分钟，一眨眼的时间，坐在沙发上发一会儿呆，刷一下手机，也不止这个时间。

我家附近有座公园，最近市政铺了一条彩色沥青跑道，跑步的人眼见多了起来。我觉得城市里要多建这样的跑道，家旁就有跑道，跑步的人就会增加。好处很多：跑道本身美观；跑步增强人的体质，这是一笔隐形的巨额国民财富，它提升工作质量，降低医疗支出；有些人带着孩子一起跑，这是好的教育和亲子关系；更重要的是，一个人如果能按计划天天跑个两千米，那么，在其他事情上，他一定能进化得有计划、负责任、能实现。

当然了，跑道再多，客观条件再好，也要一个人主观上想跑。下周很重要，制订计划就是主观上提醒自己，先做那些重要的事，它们未必会花很多时间，就像跑步，十多分钟即可，但没有计划，时间流沙一样流走，人的一生就会像处于沙漠之中，拥有很多沙子，却一无所有。

week 40

1

____月____

2 ____月____日

3 ____月____日

4

____月____日

5

____月____

___月___日

7

___月___日

最大的势力，只能与之好好相处

这个岁月，你不跟它相处，它也要过，它就不由你分说，一秒一秒地都走掉了。所以你必须跟时间相处好。

——吴彦姝

子在川上，曰："逝者如斯夫！不舍昼夜。"时间就像河流一样，永远向前，绝不停止。时间超然、冷漠、绝对公正，一天不会多给孔夫子一秒钟，也不会给谁减一秒。这是时间可怕的地方，也是时间可爱的地方。你在时间里的所得完全取决于你对时间的态度。它奖励乐观、计划、行动、积累，这样好相处的人，捕获了更多的时间，将之转化为智慧、爱、能力、财富，虚化为实。它惩罚悲观、懒惰、浪费、寄生，这样不好相处的人，时间将回报以虚、以空、以一无所有。

时间是镜子，你好，就看到好，你坏，就看到坏。

时间是加速器，你好，得到十倍好，你坏，得到十倍坏。

做一个与时光好好相处的人，这是唯一的选择，这样才能看到自己的好，才能得到十倍的好。下周很重要，你每日写下的计划就是织一张时光之网，靠它，才能在逝川里抓到“鱼”。

week 41

1

____月____

____月____日

3

____月____日

4 ____月____日

5 ____月____

月 日

7

月 日

人生，每一步都算数

在偶尔的白日梦里，我想，若有来生，或者说，在平行宇宙里，若有另一个我，我希望他是怎样的？

我爱的人，以及爱我的人，我们还要在一起。

我有一点文字能力，可简洁陈述观点，可不过火地抒情，这是我吃饭的本钱，也请保留给我。这是辛苦活，但是我甘愿。让我继续当个文字匠人吧，像微胖的面包师，像逻辑严谨的“码农”，像熟悉雨水与秋分的农夫，像一切满足的自食其力者，不要剥夺我的手艺。

随着自己过了五十，想起来，年轻时一再对自己说的一句话，最有价值：你现在一无所有，但是不要着急，不要求意外之喜，不要偷懒，慢慢累积，相信时间的力量，该有的都会有的。我现在也常对自己说这句话，毕竟人生还长，时间还多，活一百岁也有可能。

这句话不奇特，估计很多人都对自己说过。它几乎是规律：财富、技艺、声誉、影响力，甚至是身体健康，都离不开慢慢积累，一秒不空过，就多一秒的资本。你对自己的人生满意，仔细想想，都因为不背离这规律。

我喜欢的人，有才华，有韧性，一生都在奔跑。他们不是易冷的烟花，而是不停生长的大树。

人生，每一步都算数。

week 42

1

____月____

□

□

□

□

□

□

□

□

□

____月____日

3

____月____日

4 ____月____日

5 ____月____

____月____日

____月____日

一定要承受压力

人、家庭与国家，都有“富裕悖论”，追求到了富裕，但饱食终日无所作为后，意志、品质与能力却会退化，几代人之后，普遍敏感、脆弱、娇气、寄生，承受不了该有的压力，自然就守不住财富，于是家道中落，国家衰亡。中国接下来，从个人到国家，就要面对“富裕悖论”，也要有能力去破解“富裕悖论”。

关键的一点，是要知道压力是成长之源。非常之人，一般得经过非常的压力，才可挖掘出极大的潜能。不怕绝望之后更深的绝望，恶意之后更大的恶意，没一丝软弱与退让。我们或许未必要经过这么大的压力，但是，一般的压力是跑不了的。有压力不可怕，没有压力才可怕。

week 43

1

____月____

____月____日

3

____月____日

4

____月____日

5

____月____

____月____日

7

____月____日

“正面黑天鹅”

有一件小事持续值得做，这就是幸福。小事积累得足够多，好事就会发生。这就是塔勒布所说的“正面黑天鹅”。意外不发生时，你的收益平淡且微小，当意外发生时，你的人生就突然跃升。而意外什么时候发生？没人知道，无法预测，你只有通过持续的工作等候它的发生，日复一日，年复一年。

这个道理，其实被不同的方式反复论述过，尝过这道理甜头的人，都忍不住会说一说，它甚至被归纳为一条经济学原理：干中学。这条原理听起来最不像经济学，我却觉得非常重要，它也是一条最好的人生指南，你想什么都准备好了再行动，那就永远没有行动。你能准备个 70%，已经了不起了，干吧。

这就像写文章，写下第一个字时，文章只是大脑里非常模糊的存在，只有淡淡的影子，转瞬即逝，一个字一个字增加，它就逐渐显形。写一篇文章，就是一次“干中学”，在写的过程中，你甚至会形成新观点，写成了另一篇文章。做其他事也一样，只有去做，意义才会涌现。

week 44

1

____月____

□

□

□

□

□

□

□

□

□

____月____日

3

____月____日

4

____月____日

5

____月____

____月____日

7

____月____日

接近具体事物，就是接近机遇

我自己同时用几本笔记本，以保证我随时可以记录。这笔记本未必要昂贵的，一沓可以写字的纸就行，重要的是随手写下的习惯。有人以为，每天不就那几件事吗？怎么可能忘？会的，你会忘，人对自己的记忆力总是高估的。有条理，把每一件小事处理好，不错漏，其中将产生大能力。

我的大多数文章，都是由我迅速记下的某个想法发展而来。它可能就一句话，但神奇的是，思维在接下来的很长一段时间里，就会围绕着这句话整合，甚至是在潜意识里进行，在聊天、玩、喝酒时，这工作都在进行。

当然，很多想法记下了，最后也没什么意思。有损失吗？没有。但这种小事却能带来大收获。人的思维是一堆杂念，是典型的熵增，如果没有锚定，睡前的你将无比混乱，一无所获。

管理大师德鲁克说，越接近具体事物，越能发现机遇。

接近具体事物，做一件小事，成本很低，如愿完成，很开心。在操作过程中，偏离、意外、不协调，也常发生，这让很多人抓狂、放弃，但德鲁克认为，这等于放弃机遇，在解决这些不如意时，创新可能就在不经意中到来了。这也就是“干中学”。

你想做什么大事，若分拆成三百六十五份，也就变成小事。你今天做的小事，乘以三百六十五，规模也不会小。

week 45

1

____月____

☐

☐

☐

☐

☐

☐

☐

☐

☐

____月____日

3

____月____日

4

____月____日

5

____月____

____月____日

7

____月____日

难的事容易做成

标题怎么理解呢？因为容易的事，做的人多，竞争对手多，反而难出头。而难的事，做的人少，你坚持下来就成了。

在现有条件下，我怎么把事做成？这是奥西奥罗的想法，这是“难的事容易做成”，我们在观念上先有这么一个转变，世界就不同了。

很多人厌恶纪律、厌恶约束、厌恶日复一日的重复训练，当他们的观念转变后，想做难的事之后，反而会非常喜欢。科比，一个好胜心极强的 NBA 名人堂成员，有一次被问到如何提高投篮水平时说，很简单，星期一，投一千个篮；星期二，投一千个篮；星期三，投一千个篮……每天都如此，专注于投篮的当下，不想太多，一年后，我就是 NBA 最好的投手了。科比做的事，不难，每个球员都做得到，不过，他也坦陈，不少球员是懒惰的，他没退役时，最痛苦的事之一，就是要不停地鼓励懒惰的队友。

科比这样高水平高标准的老师兼队友，也许会让人有压力，但如果你碰上了，真能帮助你改变自己的观念与行为。如果没有碰上呢？那就自己监督自己，反正你迟早会达到这个自我管理的高度。

week 46

1

____月____

□

□

□

□

□

□

□

□

□

____月____日

3

____月____日

4

____月____日

5

____月____

____月____日

7

____月____日

做一个为自己带节奏的人

如果我说工作是一种享受，可能你暂时不会同意。但请记住这个结论，迟早你会的。在同意的那一个瞬间，原本你认为的苦和累都会消失。

我们听了很多工作与生活割裂，工作压迫人生的论调，以至于一生被描述成了这样悲惨的情节：在我们青壮年之时，不甘不愿地工作，到了老年退休，终于可以不工作，在无所事事当中度过余生，并称之为享受。

其实，无所事事是一种灾难，相当于惩罚。随之而来的是智力与体力的快速衰退。在年轻时无所事事，后果也是一样的。工作就是维生素，是健康的必需品。

知道了这一点，人就不会讨厌工作，更愿意挖掘出工作的美与意义，并从其中得到愉悦。人甚至会动用各种力量，去维护工作的能量与节奏。

每天都做，这个任务一旦设立，生活的节奏感就更强，每天固定重复，像机械表一样运作，它倒逼个人维持身体的健康。因为健康是工作的动力，像机械表的发条一样，每天都要上满。保持营养均衡的饮食和一定的运动量，关心身体的各种指标，这也成为下意识的常规操作，不比上发条难多少。

节奏感这么好的事情，找到了，怎么可能放弃呢。有某件事引领你的生活，你一定会把它维护好。失去它，生活就会散架，成为毫无主题的零件，如打乱的拼图，不知所云。

week 47

1

____月____

☐

☐

☐

☐

☐

☐

☐

☐

☐

____月____日

3

____月____日

4

____月____日

5

____月____

____月____日

7

____月____日

说“我没兴趣”，这需要资格

一个人不想工作，不想学习，往往有个最正当的理由：我没有兴趣。

这句话能不能说？能。但说它的门槛很高，也就是在你不做任何事之后，都能够维持自己的体面生活。用更通俗的话来说，也就是实现了财务自由。要求不必太高，衣食住行都不输人的情况下，再有个一千万可以投资吧。

在此之前，要知道，有些书，没兴趣也得读，有些事，没兴趣也得做，我们在这点上没有选择权，除非你的兴趣是饿死自己。这样似乎把人生说得很苦，会打击人的信心，感觉要哄一哄人，让人走下去才好。怎么说呢，大家都是成年人，要有基本的勇气面对真实。正如希腊谚语所说的：在痛苦中学习。

有位大学生留言说：“我是现就读于北京某 985 的学生，高考没能去到自己想去的学校，文科生要在工科生的环境中待四年，大家跟我讲学校平台好，可是好的只是工科类，大家说要利用好北京的高校资源，可这真的很难。去年我因为缺少勇气没有复读，看到今年的题有种小人得志的庆幸。可我还是很苦恼，不知道自己如何面对不感兴趣的数学，不感兴趣的学校文化氛围，因不感兴趣而如今很失败的自己。”

不少大学新生可能也有同样的心路历程，大学的新鲜感一过去，“我没有兴趣”就脱口而出。此时就是要熬下去的时候，要知道，只凭兴趣支撑自己求学，走不远。学习都有痛苦的内核，兴趣只起轻微的诱惑作用，将很快耗尽，如果一直要靠兴趣支撑，只有不停转换寻找新鲜感才行，这和吸毒有什么区别？它们都是在谋杀你的意志和人生。

week 48

1

月

☐

☐

☐

☐

☐

☐

☐

☐

☐

月 日

3

月 日

4 ____月____日

5 ____月____

____月____日

7

____月____日

我们今天的软弱，是有含义的

年龄越长，我对人的处境就越同情，根本原因就在于知道了人的软弱性。很多简单的、原则性的律条与技能，那么多人掌握不好，在与软弱性进行拉锯战。一个人又笨又懒，软弱性彻底战胜了他，那当然可悲，不过，人毕竟有选择可悲生活的自由，只能由他去了，不合作就是了。一个人笨一点没关系，人品在，勤奋度在，简单的技能，多磨炼几遍，别人一遍会，你十遍，总有点样子。精细分工的社会，笨人练好小技能，也会有活路，甚至在练这个小技能的过程中，就开了窍，触类旁通，慢慢聪明起来了。一个人必须要有这种精神经历，有了，才能成为合格的教育者，你的同情，你的耐心，你对好习惯的重视，才能变成你的人格，在他人（比如你的孩子）挣扎在软弱性中时（这是必然的过程），你才能指导他。否则，你只能更多地选择急功近利，暴跳如雷，以为说个答案他就应该知道方法，学舌一下原则他就能够一直操作。“这么简单的事情你都不会”，就会成为你的口头禅。其实，重大原则都是简单的，比如勤奋、诚信、平静、整洁，比如假期结束迅速进入工作状态，但是我们自己学习这些，何尝不是花了不少时间？偷懒不学习不对，但认为应该一学就会，那是无知加偷懒。

《了不起的盖茨比》开篇特别好："我年纪还轻，阅历不深的时候，我父亲教导过我一句话，我至今念念不忘。'每逢你想要批评任何人的时候，'他对我说，'你就记住，这个世界上所有的人，并不是个个都有过你拥有的那些优越条件。'"人的软弱性，跟随我们一生，这令人烦恼，但智慧总是从烦恼中生出来的，正因为我们自身一直在与软弱性斗争，知道自己并非事事优越，我们才能够理解他人的软弱性。

week 49

1

____月____

- [ ]
- [ ]
- [ ]
- [ ]
- [ ]
- [ ]
- [ ]
- [ ]
- [ ]

____月____日

3

____月____日

4

____月____日

5

____月____

____月____日

7

____月____日

不矫情，往前行

挫折、失败、不景气、危机，可以说，每一个人一生都必须经历这些，它是我们成长的成本，就像成为蜘蛛侠要有一次生离死别。吹一点寒风就感冒，一感冒就以为自己要死了，那是矫情。该付的成本早一点付，对人生来说，是好事。

盲目乐观有风险，容易失去警觉，比它更糟的是盲目悲观，你会连生命力都失去了。我有个好友，是从少年开始的友情，我很喜欢他的一句口头禅，当他听到有人抱怨诉苦时，他总是说，多大点事！

多大点事！遇到不开心的事时，先对自己这样说一句。

week 50

☐

☐

☐

☐

☐

☐

☐

☐

☐

1

____月____

2 ____月____日

3 ____月____日

4

____月____日

5

____月____

6 ____月____日

7 ____月____日

二十一天，二百一十天……

二十一天不间断做一件事，并不容易。

二十一天，起的作用很小，真背了四千个英语单词，很多也会忘掉，需要你在使用时不停地重复记忆。当然，不要悲观，你坚持了二十一天后，这点真相打击不了你。

虽然坚持二十一天已是了不起的开始，战胜了很多人，但二十一天后，还要继续，你才不会浪费之前的那二十一天。

人性有急功近利的成分，人们可以猛冲一段，得不到想要的，就放弃了。这种沮丧、失望，将阻挠下一次起跑；在跑前，你心里已在怀疑：我冲刺过一次，好像没用啊？

进入农耕时代，是人类的一次飞跃，人的眼光超越季节：播种之后，天天辛勤劳作，一时并无成果，从春天等到秋天，收获才到来。知道在时间中积累，使人类有了更多的食物。

要超越前人，你的眼光要比他们远。二十一天，还不是合格的农夫呢。

习惯的养成，二十一天只是起步。有专家认为，二百一十天才够，结合我们自身的经验，你会更认同后者：二百一十天，水稻与小麦可以成熟一次；二百一十天，长跑的人，大肚腩已经消失；二百一十天，相爱的人已经成婚。

所有对自己的未来充满好奇与信心的人，无论你们的计划是什么，也希望你们在二十一天后，继续坚持到二百一十天。

week 51

1

____月____

□

□

□

□

□

□

□

□

□

___月___日

3

___月___日

4

____月____日

5

____月____

____月____日

7

____月____日

不动如山，细水长流

不可否认，现在的人类，整体来说，从知识到生活，远比前人幸福。不然，想想如果你的生活中没有自来水，没有抽水马桶，没有热水器，没有手机，没有网络……

我从来不是一个怀旧的人，也不赞成他人怀旧，事实上，一个人若沉湎于怀旧，那是他在巧妙地否认现在，是心理疾病的一种。人人都这么做，那就是生活在病人当中，作为一个正常人，你不会因为别人都生病，就想跟风生病。

以第一段话描述的事实为前提，我想得出的，是另一个更值得说的结论：既然大多数人比前人活得更幸福，而且这趋势仍在延续，那么，幸福的诀窍就不是少数人才可以理解的高深学问，而是藏在人们的生活中。只不过，意识到的人得到多一点，甚至很多；意识不到的人只能沾别人的光，得到少一点，甚至没有。

用“诀窍”这词，其实已在取巧，它暗示有超常的速度，有迅速的改变。

人的今天和昨天，没什么区别，而人老想在今天得到后天的东西，这种焦虑是痛苦的根源。

后天永远在后天，你永远待在今天，只好一直生活在焦虑之中，病情越来越重。

解决办法是什么呢？是“不动如山，细水长流”，而且，不要将之当作可有可无的选择，似乎还有更神奇的方法在等着我。

人生就是慢慢积累。能和你积累够久的玩伴，就是老友；你能和一个异性积累够久，就是爱情；你的盈余积累够久，就是财富；你训练的时间积累够久，就是技能。除此以外，别无他法；即便有，也不过是彩票中奖之类的小概率事件，不宜追求。

这样，你的焦虑才会消失，安心活在今天的努力中。

week 52

1

____月____

□

□

□

□

□

□

□

□

□

____月____日

3

____月____日

4

___月___日

5

___月___

____月____日

7

____月____日

图书在版编目（CIP）数据

下周很重要.4 / 连岳著. —南京 ：译林出版社，2022.12
ISBN 978-7-5447-9493-0

Ⅰ.①下… Ⅱ.①连… Ⅲ.①散文集－中国－当代 Ⅳ.①I267

中国版本图书馆 CIP 数据核字（2022）第 207248 号

下周很重要4　连　岳／著

责任编辑　金　薇
装帧设计　木　宁
校　　对　戴小娥　孙玉兰
责任印制　颜　亮

出版发行　译林出版社
地　　址　南京市湖南路 1 号 A 楼
邮　　箱　yilin@yilin.com
网　　址　www.yilin.com
市场热线　025-86633278
排　　版　南京展望文化发展有限公司
印　　刷　中华商务联合印刷（广东）有限公司
开　　本　787 毫米 ×1092 毫米　1/32
印　　张　10
插　　页　8
版　　次　2022 年 12 月第 1 版
印　　次　2022 年 12 月第 1 次印刷
书　　号　ISBN 978-7-5447-9493-0
定　　价　78.00 元